Emmanuel Guibert & Mathieu Sapin

& DIE WELTRAUMPIRATEN

1

NABELSCHAU

Emmanuel Guibert & Mathieu Sapin

ALLDINE & DIE WELTRAUMPIRATEN

1

NABELSCHAU

Schaltzeit Verlag

ALLDINE & DIE WELTRAUMPIRATEN

Wir befinden uns weit in der Zukunft. Das Weltall wird beherrscht von dem fiesen Oberdiktator SUPERMUSKELPROTZ und seinem teuflischen Assistenten Dr. KNAUTSCH. Mit immer neuen Gemeinheiten wollen die beiden allen Weltraumbewohnern ihren Willen aufzwingen und diese so zu treuen und fantasielosen Untertanen machen. Da haben ALLDINE und ihre Freunde natürlich etwas dagegen. Mit viel Witz und Schlagfertigkeit versuchen sie, SUPERMUSKELPROTZ und Dr. KNAUTSCH Einhalt zu gebieten.

ALLDINE muss auf ihrer Mission unglaubliche Abenteuer bestehen, bei denen der Fantasie keinerlei Grenzen gesetzt sind! Dabei hat sie stets ihre Katze und die Weltraumpiraten, KAPITÄN JACK BREITKREUZ (genannt ONKEL JACK) und LULU als Unterstützung zur Seite. Und auch ihre patente OMA ist in schwierigen Situationen oft zur Stelle.

INHALT

Ende als Anfang
7

Ausnahmezustand
17

Die Sinne sind los
27

Ein steiler Fall
37

Engel müssen Federn lassen
47

Die Geheimnisse des Universums
57

Nabelschau
67

Die Inspektion
77

Der Leser
87

Die Orgelpfeife
97

GLUPO
107

Es geht heiß her!
117

Schnallt Euch an. Jetzt geht's los.
Aber Vorsicht: Dr. KNAUTSCH hat an der Reihenfolge der Kapitel gedreht.
Die Abenteuer von ALLDINE sind in einzelne Folgen unterteilt.
Normalerweise beendet Alldines Katze jede Folge.
Nur ist dieses Comicbuch anscheinend nicht normal.
Aber lest selbst ...

Sieh mal, ALLDINE. Dein Kätzchen hat diese Folge im nächsten Kästchen schon beendet.
Stimmt ja! Was macht es denn da?

Die Serie hat doch gerade erst angefangen, und schon soll sie zu Ende sein?
Das hier ist doch noch gar nicht das ...
ENDE
Man könnte meinen doch.

Immerhin sind wir immer noch da.
Das beweist, dass wir noch am Anfang der Geschichte sind.
Da hat sich wohl jemand mit der Reihenfolge der Seiten vertan.
Wenn wir nur den Titel dieser Folge wüssten! Das würde uns schon weiterhelfen.
Wir haben wohl ein paar Folgen übersprungen.
Wir müssen den KÄPT'N warnen.
ONKEL JACK! Schnell, wir müssen umdrehen!

Was erzählt ihr da? Wir haben die Geschichte mit dem Ende begonnen?!
Das ist unmöglich!
Das Ende läuft doch gerade.
Schaut nur! Unser Raumschiff HEKTOR entfernt sich vom Planeten BABAAL, im Hintergrund der Sonnenuntergang …
Das Gute hat einmal mehr über das Böse gesiegt …
Nachdem …, achja, was ist denn überhaupt passiert?

Schätze, wir haben SUPERMUSKELPROTZ und KNAUTSCH mal wieder eine Lektion erteilt!
Hä! Hä!
Erstaunlich! Ich erinnere mich überhaupt nicht!
Ich auch nicht.
Ich schon gar nicht.
Da gibt's nur ein Mittel das rauszufinden. Zurück zum Planeten BABAAL!
Ja, aber wenn wir doch am Ende der Geschichte sind, bleibt uns keine Zeit mehr.
Vielleicht kann uns GLUPO helfen?

GLUPO, kannst du uns an den Anfang der Geschichte teleportieren?
Wir haben den Beginn verpasst.
Aber klar doch!
Wo genau wollt ihr hin?
Auf die erste Seite.
Die mit dem Titel der Folge.
Dann mal los. Haltet euch fest!
Ganz praktisch so ein Teleport-Schweinchen bei sich zu haben.
Kurs Richtung: Titelseite
FLISH

ZAAAAAP!
AIEEEE
Das wackelt gewaltig!
Aahhhhhh!

Was ist denn jetzt passiert, GLUPO?
T'schuldigung. Hab die Landung vermasselt.
Zu dumm, wir haben die erste Seite verpasst.
Wie sollen wir jetzt mit der Geschichte anfangen?
Wir können es ja vielleicht nochmal mit dem Rückwärts-Gang versuchen ...
PAH!
Folgen wir einfach diesem Gang. Mal sehen, wo der hinführt.

ZUR GLEICHEN ZEIT.
Das ist doch ganz leicht zu verstehen, SUPERMUSKELPROTZ.
Normalerweise bekommen wir am Ende jeder Folge immer eins auf die Nase.

Ich habe daher eine Maschine erfunden, die damit Schluss macht!
Dieser spezielle SEITEN-MIXER mischt unsere Folgen verkehrt herum.
HÄ. HÄ.

Wenn wir mit dem Ende beginnen, haben wir die restlichen Seiten, um in aller Ruhe unsere bösen Spielchen zu treiben. Und niemand hört je wieder von dieser ...
ALLDINE !!
Sorry. Wir sind ein bisschen spät dran.
Beinahe hätten wir uns verpasst.
Aber wie ist das möglich?!
GRRR ... Du hast dich vermixt, KNAUTSCH!
Her damit!

Mach dir nicht die Mühe, SUPERMUSKELPROTZ.
Wir finden uns schon zurecht.
Dieser SEITEN-MIXER bringt mich auf eine Idee ...
KURZ DARAUF ...
AU!
AUAAA!
Diese Folge war ziemlich durcheinander.
Aber dieses Mal ist es wirklich das ...
ENDE!

Text: Emmanuel Guibert
Bilder: Mathieu Sapin
ALLDINE & DIE WELTRAUM-PIRATEN
AUSNAHMEZUSTAND
Weltraumbewohner, haltet mal die Klappe und hört gefälligst zu. Das ist ein Befehl! SUPERMUSEKLPROTZ, euer Oberdiktator wird zu euch sprechen.
Äh ... da Dr. KNAUTSCH meine Rede geschrieben hat, kann er sie auch gleich selbst halten. Ich erteile ihm das Wort. Bitte KNAUTSCH!
Danke, großer SUPERMUSKELPROTZ.

Also, so sieht's aus: Der Weltraum ist dreckig, verpestet und heizt sich auf. Das ist ganz schlecht. Und wessen Schuld ist das?
ALLES EURE, Weltraum-bewohner!
PAF!
Ich denke, ich soll die Rede halten? Man muss sich schon einigen.
Oh ja, T'schuldigung.
Also, nochmal: Alles eure Schuld. Ihr müsst euch einschränken. Dringend! Hiermit verkünden wir den AUSNAHMEZUSTAND. Von heute an keine Versammlungen mit mehr als zwei Personen pro Kästchen.
Und zwei Wörter pro Sprechblase sind genug.
Außerdem wird der Weltraum schwarz-weiß. Das ist billiger.
Verbot zwischen den Kästchen zu springen. Wiederverwendung von altem Papier. Egal, dass es schon benutzt ist. Das wird euch eine Lehre sein!
Wir bleiben natürlich farbig. Schließlich sind wir die Chefs. Wir dürfen auch weiter soviel sagen, wie wir wollen, und frisches Papier benutzen. Und wir gehen euch auf den Wecker wann wir wollen.
Haha. Gut gesagt KNAUTSCH!

Hihihihihi
Ho ho ho
DÄMLICHE FLEGEL.
HAMPELMÄNNER. QUÄLGEISTER.
AAH! SCHWARZ!
UND WEISS!
ALTES PAPIER!
ALLES GEBRAUCHT!
UNSERE SPRECHBLASEN!
ZWEI WÖRTER!
UND ONKEL?
KÄPT'N? HUHU?

BUHUU. ALLEIN.
WEINE NICHT!
ALLDINE! LULU!
DA ONKEL!
WO DENN?
HIER NEBENAN!
KOMM HER!
ZU UNS!
KOMMT IHR!

UNMÖGLICH! KLEMME!
EINGESPERRT! GEFANGENE!
BOM
BOM
VERFLIXT NOCHMAL.
ICH AUCH!
BOM!
WAS TUN?
KEINE AHNUNG.
ICH KOMME!
PASST AUF!
ER KOMMT?
RUHE! HÖR!
KRAK!
UPS

UNTERDESSEN
Hihi. Ich stell mir gerade das dämliche Gesicht von dieser Plage ALLDINE vor, so farblos.
Und auf zwei Wörter pro Sprechblase begrenzt. Wo sie doch ständig am Schwatzen ist.
Aber das Beste ist, durch die Begrenzung auf zwei Personen ist sie von BREITKREUZ und den andern Kindern getrennt.
Gut so!
Sag mal, gilt das mit den 2 Personen pro Kästchen auch für uns?
Nein. Wir können unsere Freunde kommen lassen, wann immer wir wollen.
Ah. Perfekt!
Ja, aber welche Freunde denn? Wir haben ja keine.
Umso besser. Besuch find ich eh lästig.
KRAK!
UPS!
?

BREITKREUZ! WIR SIND IM AUSNAHMEZU-
STAND! DU HAST HIER NICHTS ZU SUCHEN!
UND OB!
PAF!
Ist dringend!
Man muss wohl auf den Knopf hier drücken, um das alles zu beenden.
AUSNAHME-
ZUSTAND
AAAH! Meine Farben sind zurück, aber hier wird's mir zu bunt!
Auch deine Worte sind wieder da.
AUSNAHME-
ZUSTAND
Schnell. Lass uns die andern befreien.

WÄHRENDDESSEN
Schick! Meine Haare sind wieder orange.
Und meine Shorts rot ...
... und die Zehen zart-rosa.
Man kann auch wieder sagen, was man will. Zum Glück!
Und von einem Kästchen zum andern springen.
Hallo SERAFIN, TOPUS, BLEM! Toll, dass wir uns wieder treffen können.
Haha!
Jaa!
Supi!
Hallo Kinder! Diesmal hab ich alles allein geregelt.
Wie hast du das geschafft, ONKEL JACK?
Ich bin aus Versehen durch altes Papier gefallen und ausgerechnet auf der Seite von KNAUTSCH und SUPERMUSKELPROTZ gelandet. Das war eine Freude sie wiederzusehen!
Sie hat's weniger gefreut.

Haha! Denen hast du's aber gegeben!
Die haben mich auf die Palme gebracht, weil sie mich von euch trennen wollten.

Seht mal! Dieses Studio hier haben sie für ihre Ansprache benutzt.
Machen wir die Kameras wieder an!

Hallo Weltraumbewohner!
Wir sind's: KÄPT'N JACK BREIT-KREUZ, ALLDINE und LULU, die zu euch sprechen.
SUPERMUSKELPROTZ und Dr. KNAUTSCH sind ausgeschaltet. Der Ausnahmezustand ist beendet. Aber die Lage bleibt ernst!

Unserm Weltraum geht's wirklich nicht gut! Wir müssen etwas unternehmen!
Aber nicht, sich verbarrikadieren, anschweigen und isolieren so wie SUPERMUSKELPROTZ und KNAUTSCH es uns aufzwingen wollten.
Und schon gar nicht sich so benehmen, wie diese egoistischen Bösewichter.
Man muss sich treffen, diskutieren und zusammen Lösungen finden. In diesem Comic gibt's keine Grenzen.
Lasst euch nicht aufhalten. Überlegt, was man machen kann und schließt euch uns an.
Gemeinsam retten wir dieses Universum: Mit Zuversicht und Tatendrang ...
... und mit Humor!
ENDE

Text: Emmanuel Guibert
Bilder: Mathieu Sapin
ALLDINE & DIE WELTRAUM-PIRATEN
DIE SINNE SIND LOS
SUPERMUSKELPROTZ. Ihr könnt stolz auf mich sein, ich hab die fünf Sinne gefangen.
Ach ja? Und was bitte soll ich mit denen anfangen?
CHAMONIX
BIP BIP

Die lassen wir für uns arbeiten. Ein Herrscher muss seine fünf Sinne beieinander haben, um zu regieren.
UNSINN! Bin auch ohne bisher gut zurechtgekommen.
BIP BIP
Ihr werdet schon sehen. Ich hol sie mal: G.SCHMACK?!
Hier.
BIP
G.SCHMACK kann gut und schlecht unterscheiden, schön und hässlich ...
Ihr zum Beispiel seid hässlich.
Der Nächste: G.RUCH?!
Hier. Schnief.
G.RUCH hat einen guten Riecher. Er wittert Dinge.
Ja, ihr zum Beispiel müffelt ziemlich.
Der Nächste: G'UCK?!
Hier.
Bip
BIP

G'UCK sieht alles.
Igitt. Ihre Backenzähne sind voll Karies.
BIP
Und schließlich: G.FÜHL?!
Hier.
BIP
BIP
G.FÜHL hat hochempfindliche Finger.
Und ob! Wenn ich nicht gefesselt wäre, würde ich Euch damit eine deftige Ohrfeige verpassen.
Sag mal KNAUTSCH, machst du dich über mich lustig?
Aber nicht doch, SUPERMUSKELPROTZ. Wieso?
Du hast was von fünf Sinnen gesagt, es sind aber nur vier.
Großer Gott, das stimmt ja!
ALARM! DER FÜNFTE SINN IST ABHANDEN GEKOMMEN!

ZUR GLEICHEN ZEIT, WOANDERS ...
Wen haben wir denn da?
Keine Ahnung. Fragen wir mal.
POUT
POUT
POUT
He, hallo!
Aaah!
Ich ... habe euch gar nicht kommen hören.
T'schuldigung
Wir wollten Sie nicht erschrecken.
Komisch, ich hätte euch eigentlich hören müssen. Immerhin bin ich G.HÖR.
Freut mich. Ich bin ALLDINE.
Und ich LULU.
Ich gehöre zum Club der fünf Sinne. Normalerweise bin ich der mit dem besten Gehör. Aber meine vier Freunde wurden gekidnappt. Deswegen bin ich wohl ganz durcheinander.
Gekidnappt? Von wem denn?

Von so'nem Typen mit Orangenhaut und keifender Stimme.
Dr. KNAUTSCH!
Deine Freunde sind in großer Gefahr! Wir müssen sie so schnell wie möglich befreien.
Ihr wollt mir also helfen?
Und ob!
Auf geht's zum Planeten BABAAL. Dorthin hat KNAUTSCH sie mit Sicherheit verschleppt.
Festhalten!
KURZ DARAUF ...
Wir nähern uns dem Palast von SUPERMUSKELPROTZ.
Ich höre ein Geräusch, klingt wie ein Motor.
Seht nur!

KNAUTSCH hat die Sinne in dieses Auto gesperrt.
Und SUPERMUSKELPROTZ, wie findet Ihr es?
BEM BEM BEM BEM
SMM
Ist es nicht hübsch, Euer Auto!?
Kann ich fahren, Dr. KNAUTSCH?
Moment noch. Erst muss ich Euch noch erklären, wie es funktioniert.
Welchen Sinn hat das?!
SMM

Hier vorn: G'UCK!
Logisch!
Unten: G.FÜHL.
Um das Gelände zu sondieren.
Im Kofferraum: G.RUCH.
Das wird ihm eine Lehre sein, mir nochmal vorzuwerfen, dass ich müffle.
Hust.
BEM BEM BEM BEM
Auf dem Dach: G.SCHMACK.
Um uns Bescheid zu geben, wenn was Hübsches kommt.
Und jetzt los. Auf Verfolgungsjagd, den fünften Sinn wieder einfangen.
Kann ich jetzt fahren, KNAUTSCH?

HUCH! Sehe ich richtig? Das ist doch G.HÖR da, hinter der Tonne versteckt.
HE! PSST! G.HÖR!
G'UCK, ich höre dich. Wir kommen euch befreien.
BÊM
BÊM
G.FÜHL, du musst das Auto lahmlegen. Schraub alles ab, was du kannst.
Kein Problem. Dafür hab ich ein Händchen.
G.RUCH, wir müssen den Auspuff verstopfen, sonst vergiftet er dich.
KEUCH! Nimm mein Taschentuch. Zum Glück hab ich immer eins dabei ...
Und schwupp!
5MM

Ich hab G'UCK befreit. Ohne ihn sind sie verloren.
Gut gemacht, G.HÖR!
OK. Fahren wir Dr. KNAUTSCH?
Los geht's, SUPERMUSKELPROTZ.
BENG
BOLENG
BLENG
PENG
SMM
SMM
Zu Hilfe! Wir haben die Sinne verloren!
AUTSCH!
Befreien wir G.SCHMACK!
Haha. Er beißt gerade SUPERMUSKELPROTZ.

Und, hat's geschmeckt?
Abscheulich! Aber trotzdem gut!
Na bitte! Der Club der fünf Sinne ist wieder vereint und frei.
Danke, ALLDINE.
Willst du und Lulu nicht Mitglied bei uns werden?
Uns fehlt noch ein sechster Sinn.
Der wichtigste, und den habt ihr!
Der Sinn für Humor!
ENDE

Text: Emmanuel Guibert
Bilder: Mathieu Sapin
ALLDINE & DIE WELTRAUM-PIRATEN
EIN STEILER FALL
Schick, so Ferien am Rand des Universums, oder?
Stimmt, ONKEL JACK.
Aloha ALLDINE. Endlich können wir mal ein bisschen in der Schwerelosigkeit baden. Wie luftig!

Sieh mal! Ich hab einen See-Stern gefangen. Im All!
Zum Glück ist die Schwerelosigkeit hier genau richtig verteilt, sonst könnte man in die intergalaktische Leere keinen Fuß setzen.
Zu komisch! Man weiß nicht ob man schwimmt …
… oder fliegt.
Man müsste glatt ein Wort dafür erfinden.
Nicht mein Fall. Ich spiele lieber was als mir Wörter auszudenken.
AH! ONKEL JACK gesellt sich zu uns.
Schafft mal ein bisschen Raum für mich im Weltraum. Ich komme!

Machst du TOTER MANN, ONKEL JACK?
Ja. Kommt nicht oft vor, dass ich mich so leicht fühle.
Das einzige, was im Wasser besser ist, ist, dass man sich gegenseitig nassspritzen kann.
Ja, aber schau dir mal meine Katze an!
Ins Wasser würde sie sich nie trauen. Sie ist wasserscheu. Aber hier schwimmt sie ...
wie ein Fisch.
PLÖTZLICH!
HE!HE!
Was ist denn jetzt los?
Die ... Schwerlosigkeit! Sie verschwindet! Schnell wir müssen zurück ans Ufer!

Zu Hilfe, ONKEL JACK? Ich rutsche ab.
Ich auch.
Verdammt! Wir schaffen es nicht!
Zu spät!
Wir fallen!
Verflixt noch eins!
Jetzt kapier ich, was los ist! Daran hätte ich denken müssen!
Die Schwerelosigkeit kommt und geht wie das Meer zu den Gezeiten! Wir fallen, weil wir jetzt Ebbe haben.
Oha!

Das hilft uns alles nicht weiter! Wie stoppt man das?
Jetzt fallen wir auch noch schneller!
AIEEEE! Nicht nach unten schauen!
Was gibt's da zu sehen?
Ein Planet! Auf den werden wir stürzen!
Neein! Ich will nicht sterben!
Auf keinen Fall! Hör auf zu schreien LULU. Die Hoffnung stirbt zuletzt.
Ok, aber sag bitte nicht nochmal FALL ...!

Deine Katze kann doch fliegen ALLDINE, oder?
Dazu müsste man sie hinter den Ohren kraulen.
Schluchz.
Versuchen wir's!
Das führt zu nichts, ONKEL JACK. Zu dritt kann sie uns niemals tragen. Wir sind zu schwer!
Sie könnte wenigstens euch beide retten.
Kommt nicht in Frage! Wir bleiben bei dir.
TUT DOCH WAS! DIESER PLANET KOMMT IMMER NÄHER!
Heiliges Fallbeil! Wir brauchen eine Idee, sonst sind wir verloren!

Ich hab's! Das ist es!
Was? Sag schnell!
Wir müssen nach oben fallen nicht nach unten!
Na, du bist witzig!
Das ist unmöglich!
Überhaupt nicht! Es genügt, wenn unsere Leser das Heft andersherum drehen.
Bist du dir da ... sicher?
Na klar! So kommt oben nach unten und unten nach oben!

Na gut! Jedenfalls haben wir sowieso keine Wahl. Also versuchen wir's.
HALLÖCHEN! DU DA!
Wenn du unsere Abenteuer toll findest, dann hilf uns jetzt!
Bitte!!
Dreh das Heft nach oben, sonst werden wir abstürzen!
UND BEEIL DICH!
LOS!
SCHNELL, MACH SCHON!
DREH ES AUF DEN KOPF!
HIIILFE!

UFF!
DANKE!
DU BIST SPITZE!
Na bitte! Jetzt fallen wir entgegengesetzt.
Also zurück zu unserem Ausgangspunkt.
Ich kann den Strand schon sehn!
Vom ganzen Hin- und Herfallen ist mir ein bisschen übel geworden …
Achtung, wir sind gleich zurück am Strand! Nicht, dass wir es verpassen!
SCHNELL! DREH DAS HEFT WIEDER RICHTIG HERUM!

Hurra!
PAF!
JAA!
UNSER STRAND!
Danke für deine Hilfe! Du hast uns gerettet!
Wa°ff wären wir blo°ff ohne dich!
Ich hab die Nase voll vom Baden im All. Ich bleibe jetzt am Strand und baue meine Sandburg zu ...
TROPIC NO
ENDE

Text: Emmanuel Guibert
Bilder: Mathieu Sapin
ALLDINE & DIE WELTRAUM-PIRATEN
ENGEL MÜSSEN FEDERN LASSEN
SUPERMUSKELPROTZ, Ihr müsst dieses Kissen probieren. Sagt mir, wie es Euch gefällt?
Lass mich mit sowas in Ruhe Dr. KNAUTSCH. Ich spiele gerade SUDOKUH.

Keine Diskussion!
GRR. Wozu nützt es Diktator zu sein, wenn ich immer nach deiner Pfeife tanzen soll?
Also, was sagt Ihr dazu?
HAALLOO! ANTWORTEN!
Hä?
Hoppla, ich muss eingeschlafen sein.
Seht Ihr! Kaum auf's Kissen gelegt, schon eingenickt!
Du hättest mich mein SUDOKUH machen lassen sollen. Das mach ich ja extra, um einzuschlafen!
Von heute an überflüssig! Ihr schlaft wie ein Engel, dank meines Federkissens aus Engelsdaunen.

Das Engelsdaunen-Kissen von Dr. KNAUTSCH, so kuschelig weich. Man schläft wie ein Engel!
Woher hast du denn diese Engelsdaunen?
Herrgott, von den Engeln selbst natürlich!
Ich sehe sie, dann fange und rupfe ich sie. Mit ihren Federn, stopfe ich die Kissen.
Stark! Könnte ich das auch? Ich hätte große Lust Engel vom Himmel zu holen.
Federleicht! Da fliegt gerade einer, seht Ihr!
Wo denn?
Dort, wo mein Finger hinzeigt.
Und was muss ich tun?
Nehmt das Gewehr und zielt auf die Flügel.

Gut zielen, klar! Nicht, dass die Federn beschädigt werden.
Schtt! Ich muss mich konzentrieren.
PENG!
Daneben!
Alles deine Schuld! Du quasselst die ganze Zeit!
Jetzt reicht's mir mit deinem ständigen Rumkommandieren!
He ... legt das Gewehr beiseite und widmet Euch wieder Eurem SUDOKUH. Eine Reihe ist da noch nicht ausgefüllt ...

SPÄTER, IM WELTALL
Ein Raumschiff ... Hoffentlich ist es das richtige.
Oh! Ein Engel!
Hab keine Angst ALLDINE. Ich bin der Engel GABRIEL ZANKEKUSS.
Ich habe dir eine Offenbarung zu machen: Du wurdest unter allen Helden der Comichefte auserwählt, um uns Engeln zu helfen.
Was soll ich für euch tun?

SUPERMUSKELPROTZ und DOKTOR KNAUTSCH jagen uns und wollen uns rupfen. Du musst sie daran hindern!
Kleinigkeit! Das ist meine Spezialität.
Kann ich mitkommen?
KURZ DARAUF ...
Da haben Sie ein hübsches Surfbrett, Engel ZANKEKUSS.
Ja. Das habe ich in Los Engeles gekauft. Aber leise jetzt. Wir sind gleich da ...
An diesem schrecklichen Ort werden die Engel gerupft. Und wisst ihr wieso?
Ähm ... um ihre Federn als Karnevalsschmuck zu verwenden?
Nein, viel weniger Witziges.

Um schmucklose Kopfkissen herzustellen.
Wie entsetzlich!
Wieder so eine Schnapsidee von Dr. KNAUTSCH.
Leihen Sie uns ihr Board, Herr ZANKEKUSS. Wir schauen uns das mal genauer an. Wir haben ja nichts zu befürchten, wir sind ja schließlich keine Engel.
Hihi. Ja das kann man wohl sagen.
Seid trotzdem vorsichtig! Sie sind bewaffnet. Vorhin haben Sie auf mich geschossen.
Und nicht getroffen!
Komm LULU, lass uns bei der Fabrik anfangen.
Warum? Die Kissen sind uns doch egal.

Engel ZANKEKUSS hatte recht. Sieh mal, große Rupf-Roboterinnen für die Engel.
BOAR, sind die hässlich!
Und da, die armen gerupften Engel. Sie müssen die Kopfkissen selbst stopfen.
Wenn das kein Pech ist!
Schnappen wir uns zwei Kissen. Die könnten nützlich sein.
He!

Alarm! ALLDINE und LULU sind hier!
Auutsch ... mir doch egal. Ich habe Schmerzen!
Wo haben Sie das Gewehr hingetan?
Was weiß ich denn. Wahrscheinlich aus dem Fenster geschm...
ARRR! Wie konnten Sie sich nur selbst in den Hintern schießen?
Woher soll ich das wissen! Hättest du mich einfach mein SUDOKUH machen lassen, dann wäre das alles nicht passiert.
Klar zum Entern!
?
?

Sich mit Kissen zu hauen ist lustig.
Ja. Nicht besonders originell aber lustig.
Wir haben sie erledigt, Engel ZANKEKUSS.
Sieg! Ich werde die gute Nachricht überall verkünden.
Sie schlafen. Wenn sie aufwachen, wartet viel Arbeit auf die beiden: alle Engelsflügel wieder Feder für Feder zusammensetzen.
ZZZZ
ENDE
und Gute Nacht ihr Kleinen (B)Engel!

Text: Emmanuel Guibert
Bilder: Mathieu Sapin
ALLDINE & DIE WELTRAUM-PIRATEN
DIE GEHEIMNISSE DES UNIVERSUMS
Leb wohl, grausames Universum!
He! Was tun Sie da Sie Unglückseliger!
10 t

Das sieht man doch. Ich mach Schluss. Ich häng mich an mein Teleskop!
Nicht doch! Sie sind noch jung!
Das Leben ist schön!
Was ist ein Teleskop?
Sind Sie Astronom?
Ja und ein ganz schlechter. Ich wollte alle Geheimnisse des Universums finden, aber es gelingt mir nicht.
Man kann auch gut leben, ohne die Geheimnisse des Universums zu kennen.
Ich nicht. Das ist mein Forschungsgebiet.
Anstatt von uns zu gehen, erzählen Sie uns lieber was darüber, das interessiert uns.
Ja, aber in Kurzform und mit einfachen Worten.
Also gut.

Beim Beobachten des Himmels habe ich eine Entdeckung gemacht! Die Sterne sind lediglich eine Zeichensetzung.
Was ist Zeichensetzung?
Die Zeichensetzung gibt einem Satz seine Struktur. Also z.B. Punkte, Kommas, Bindestriche, Klammern, Sternchen ...
Schnarch ...
Schaut mal nach oben! Was seht ihr da? Milliarden Punkte und Kommas.
Zzzzz ...
Sternenklar! Aber wo sind die Sätze dazu?
Ganz genau, junge Dame! Das ist ja das große Geheimnis!
?
Schnarch ...
Das Weltall ist wie ein offenes Buch, von dem man aber nur die Punkte sieht. Die Sätze sind verschwunden.
Zzzz ...

Aber genau diese Sätze will ich lesen können.
Lesen Sie doch lieber unsere Comic-Alben.
Die Zeichensetzung ist nicht immer ganz korrekt, aber die Dialoge sind mitunter ganz witzig.
Schnarch ...
Natürlich habe ich versucht, die Sätze zu entschlüsseln aber alles vergeblich! Also gebe ich jetzt auf!
Aber nicht doch!
Hä?
Wenn's bloss darum geht, die Geheimnisse des Universums zu entschlüsseln, dann werden wir dies eben für Sie übernehmen.
Folgen Sie uns!
Wohin fahren wir ONKEL JACK?
Ja wohin fahren wir?
Na ... ans Ende des Universums und darüber hinweg.

SPÄTER
Da sind wir. Am Rand des Weltraums.
OHH! Habt ihr die Sterne gesehen?
Das sind ja Löcher, die nur das Licht durchscheinen lassen!
Gut, dann fahren wir mal durch eines dieser Löcher hindurch.
SCHWUPP!
WOOAAHH!
ICH HATTE RECHT. ICH HATTE WIRKLICH RECHT! SEHT NUR!
?

Die Sätze! Da sind sie!
Ah, sieh mal einer an!

Derjenige, der sie geschrieben hat, hat bei den Punkten zu stark aufgedrückt. Genau an diesen Stellen ist der Himmel durchlöchert. So hat er vielleicht ohne es zu wollen die Sterne erschaffen?!
Aber wer ist dieser Schreiberling?

Keinen blassen Schimmer. Vielleicht ist der Text ja unterschrieben, aber dazu müsste man ihn lesen.
Ich leg mich wieder schlafen.

Könnten wir vielleicht ein paar 10 000 Kilometer zurücksetzen, damit man alles zusammen sieht?
Null Problemo.
GRUNZ ...
KURZ DANACH
Stopp! Von hier aus sieht man es.
OK.
Ich werde mal mein Teleskop ausfahren.
AAAH
He, was soll das?! Piept's bei euch? Einfach mir die Aussicht zu versperren!
Ups, T'schuldigung.
Ich bin Astronom und ich möchte die Geheimnisse des Universums lesen.
Lernen Sie erstmal richtig einparken!

Ich bin nämlich auch Astronomin und lese in den Geheimnissen schon seit 10 Jahren.
Achso.
Und es macht mich krank! Diese Geheimnisse – nichts als Bla, Bla, Bla! – BUHUHU. SCHLUCHZ!
OOH, bitte nicht traurig werden!
Es gibt Tage, da könnte ich mich an meinem Teleskop aufhängen, das können Sie mir glauben! Schnief!
Aber nicht doch! Machen Sie sowas nicht!
Das Leben ist schön!
Sie übrigens auch ...
Verraten Sie mir lieber diese Geheimnisse. Das interessiert mich nämlich sehr.
PAH! Wenn Sie unbedingt wollen. Hier bitte. Alles da! Ich habe alles abgeschrieben und in diese Hefte übertragen. Können Sie behalten!

Ich brauche mal eine Luftveränderung. Sie kennen nicht zufällig einen schönen, dunklen Ort? Vom vielen Lesen tun mir die Augen weh.
Aber klar doch! Der Weltraum, aus dem wir stammen. Dort ist es meistens dunkel.
Und außerdem ist dieser Weltraum total durchgeknallt. Man kapiert überhaupt nichts richtig. Eine schöne Abwechslung für Sie.
Klingt traumhaft! Bringen Sie mich hin, ja?
Natü-lich. Fahren wir!
JUCHUUUUUUUUUU!
Ähm …
Falls es euch nicht stört, würde ich gerne hier bleiben.
Warum? Was wollen Sie hier machen?
Nunja, sämtliche Geheimnisse des Universums lesen. Das dauert eine Weile!
Dummkopf! Das Fräulein hier hat doch alles in diese Hefte geschrieben. Die können wir einfach mitnehmen!

Aber ja doch! Das stimmt!
Wie ist's denn so bei euch?
Na ja, ein kleiner, runder Planet. Gar nicht so übel.
Würde es Sie stören, wenn wir uns zusammentun? Zu zweit könnten wir alle Geheimnisse des Universums vielleicht entschlüsseln.
Hm ... also ... warum eigentlich nicht?
Na dann, zurück in unser gutes, altes, chaotisches Universum.
Kannst aufwachen Lulu. Die Geschichte war ein bisschen langweilig, aber sie ist gut ausgegangen.
Hä?
ENDE

Text: Emmanuel Guibert
Bilder: Mathieu Sapin
ALLDINE & DIE WELTRAUM-PIRATEN
NABELSCHAU
Keine Bewegung! Bauchnabel-Schau-Brigade.
COLONA
Wenn ihr alle gut mitarbeitet, ist es rasch vorbei!
?
?
?

Was hat das zu bedeuten?
Halten sich für den Nabel der Welt. Jede Woche machen sie hier Nabelschau.
Ich möchte denen meinen aber nicht zeigen.
Ich auch nicht.
Dieser hier sieht aus wie eine 6.
Und dieser hier wie eine 8.
Gut. Nehmt sie mit.
Und ihr da! Zeigt mal her, aber dalli!
Ich zuerst, Herr Nabel-Inspektor.
Meiner sieht aus wie ein Türschloss.
Ah ja? Zeig!
PAF!
Man guckt nicht durchs Schlüsselloch!

Schnell. ONKEL JACK! Bevor die beiden wieder zu sich kommen, verkleide dich als Chef der Brigade.
Bauch einziehen, damit wir uns unter der Uniform verstecken können.
Aber nicht rumzappeln, klar!
SUPERMUSKELPROTZ wird zufrieden sein, Chef!
Die Ausbeute war gut. Die Trommel ist voll.
Dann los!

Hast du gehört, LULU? SUPERMUSKEL-PROTZ sammelt jetzt Bauchnabel. Sein eigener reicht ihm wohl nicht.
Dabei hat er einen riesigen.
PSST! Seid still Kinder. Ihr werdet uns noch verraten!
Was nicht in Ordnung, Chef?
Äh ... mein Magen gluckert nur.
Stimmt. Sie sind ganz aufgeblasen, Chef.
Bei allem Respekt.
SPÄTER, AUF DEM PLANETEN BABAAL.
SUPERMUSKELPROTZ! Die neuen Nabel sind eingetroffen.
Sehr schön. Ich fülle gerade meinen Tippzettel aus.

Ich werde die Zahlen meines Geburtstags spielen und die vom Nummernschild unseres Raumschiffs.
SCHREIB SCHREIB
Verlieren wir keine Zeit. Mischen wir die Lostrommel gut durch.
CLAP
ZU HILFE!
AAH!
HELFT UNS!
Was macht ihr da?
Das Übliche, Chef.

Wir drehen die Trommel, um die Nabelzahlen gut durchzumischen.
Aber das tut den Leuten doch weh!
PAH! Nabel-Lotto ist eben ein Spiel. Hauptsache SUPERMUSKELPROTZ gefällt es.
STOP! Jetzt wird gezogen! Musik, bitte!
PLIM PLIM PLIM PLAM PLIM PLIM PLAM
Mal sehen, ob ich diesmal gewinne!
PLIM PLIM PLIM PLAM PLIM PLIM PLAM
Die Lostrommel öffnet sich und eine erste Zahl rollt herunter.
Jaul
PLIM PLIM PLIM PLAM PLIM PLIM PLAM
Der Nabel ist geformt wie eine: 9! Die erste Gewinnzahl ist die Nummer 9!

PLIM PLIM PLIM PLAM PLIM PLIM PLAM
Mist! Hab ich nicht!
KURZ DARAUF ...
PLIM PLIM PLIM PLAM ...
Damit endet die Ziehung der Nabelzahlen. Die Gewinnzahlen lauten ...
PLIM PLIM PLIM PLAM PLIM PLIM PLIM PLAM PLIM PLIM PLIM PLAM PLIM PLIM PLAM
9, 2, 6, 1, 8, 3
Zusatzzahl 5
GRUMPH! Mist!
PLIM PLIM PLIM PLAM PLIM PLIM PLAM
Keine richtig!
Nicht schlimm, SUPERMUSKELPROTZ!
PLIM PLIM PLIM PLAM PLIM PLIM PLAM
Wenn's bei der Ziehung nicht klappt, dann beim Rubbeln. Dann zück ich mal mein Messerchen ...

PLIM PLIM PLIM PLAM PLIM PLIM PLAM
... und jetzt rubbele ich die Nabelzahlen so zurecht, dass sie euren Gewinnzahlen entsprechen.
So gefällt's mir.
PLIM PLIM PLIM PLAM PLIM PLIM PLAM
Mal sehen, hier haben wir eine 9. Das muss aber eine 0 werden ...
SOFORT AUFHÖREN!
PLIM PLIM PLIM PLAM PLIM PLIM PLIM PLAM PLIM PLIM PLIM PLAM PLIM PLIM PLAM
INSPEKTOR! Wer hat Ihnen erlaubt die Rutsche runterzukommen. Die Ziehung ist beendet.
AUFHÖREN hab ich gesagt!
PLIM PLIM PLIM PLAM PLIM PLIM PLAM
Ich muss euch was zeigen.
PLIM PLIM PLIM PLAM PLIM PLIM PLAM
Da euch Bauchnabel so interessieren, seht mal genau hin ...

PLIM PLIM PLIM PLAM PLIM PLIM PLAM
Ich hab drei!
ZUM ANGRIFF!
PLIM PLIM PLIM PLAM PLIM PLIM PLAM
Bleib stehen SUPERMUSKELPROTZ!
Gnade!
PLIM PLIM PLIM PLAM PLIM PLIM PLIM PLAM PLIM PLIM PLIM PLAM PLIM PLIM PLAM
Wir haben nichts Schlimmes getan. Wir wollten nur spielen. Ich habe noch nicht mal gewonnen ...
Da du die Leute wie Lottokugeln behandelst ...
PLIM PLIM PLIM PLAM PLIM PLIM PLAM
... gibt's eins auf deine Kugel.
PLIM PLIM PLIM PLAM PLIM PLIM PLAM
Und wenn jemand jetzt endlich diese schreckliche Musik abstellen könnte!

DANACH ...
Liebe Freunde. Jetzt seid ihr frei und keine Nummern mehr!
HUUUUURRAAA!
Und nun kommen wir zur Sonderziehung der Nieten.
Es gibt nur zwei und es sind immer die gleichen. Man gewinnt also immer.
ENDE

Text: Emmanuel Guibert
Bilder: Mathieu Sapin
ALLDINE & DIE WELTRAUM-PIRATEN
DIE INSPEKTION
DING DONG
Es klingelt, SUPERMUSKELPROTZ.
Dann öffne, Dr. KNAUTSCH. Ich bin beschäftigt.
POP CORN

Sind wir hier richtig bei Herrn SUPERMUSKELPROTZ, Präsident und Diktator des Universums?
Ja. Was wollen Sie von ihm?
SUPER MUSCLE MAN
INSPEKTION!
Hey, Moment mal!
PAF
Sind Sie Herr SUPERMUSKELPROTZ?
Doktor KNAUTSCH, wer sind diese Eindringlinge?
Das sind ... äh ... sie haben sich nicht vorgestellt.

Ich bin Generalkontrolleur aller Diktatoren. Wir kommen, um Sie zu überprüfen.
Wie? Was? Mich überprüfen?
Ich bin CHEF DES UNIVERSUMS! Niemand überprüft mich.
Und ob!
Falls Sie mal ein bisschen aus ihrem Universum rauskommen würden, dann wüssten Sie, dass es noch viele weitere Galaxien mit weiteren Diktatoren gibt.
Mit noch mächtigeren als Sie!
Es gibt sogar einen Diktator über alle Diktatoren. Einen Superdiktator! Er hat uns hergeschickt.
Achso. Das ist wohl an mir vorbeigegangen ...

Verstehen Sie, mit den Jahren neigen Diktatoren dazu, milde zu werden. Sie werden weniger grausam, weniger blutrünstig.
Mitunter sogar nett.
Wenn so etwas passiert, muss man sie austauschen.
Sie sind nicht vielleicht auch am Ende etwas zu nett?
Aber nein! Ich doch nicht!
Ich bin sowas von grausam! Der Grausamste von allen! Stimmt doch, Dr. KNAUTSCH?
Ja! Eine brutale Bestie!
PAH! Das ist doch nur Gerede. Hier habe ich eine Reihe von Aufgaben, die uns ihre wahre Eignung als Diktator beurteilen lassen.
Fangen wir an!

Zuerst mal das Aussehen. Das ist sehr wichtig bei Diktatoren.
Wollen wir mal sehen!
Was ist denn das für eine Kapuze? Wen wollen Sie denn damit erschrecken? Sieht aus wie ein Kopfverband!
Ich ... ähm ... das hat Dr. KNAUTSCH ausgesucht.
Hier ein richtiger Helm eines großen Diktators. Den tragen Sie von nun an Tag und Nacht.
Aäh ... Gut ...
Und dieser Umhang? Viel zu kurz! Kein bisschen gebieterisch!
Außerdem, heutzutage trägt man als Diktator den Umhang vorn.
Ah?

Los! Laufen Sie mal ein paar Schritte!
Und nehmen Sie eine grimmige Haltung an.
?
PFFF!
Hihihi ...
Hoho ...
Hoho ...
PLATSCH
Naja.
Dieser Test war nicht besonders.
2 von 20 Punkten.
Und da kommen Sie noch gut bei weg.
Gehen wir zur nächsten Aufgabe über!
Eine Ansprache.

Improvisieren Sie für uns eine kurze Diktatoren-Ansprache. Sie haben eine Minute.
Verpatzen Sie das nicht!
Ähm ...
Also, so spontan ist das gar nicht so einfach ...
Noch 40 Sekunden.
Die Zeit läuft!
Ähm ... also ... Ich heiße SUPERMUSKEL-PROTZ und äh ... bin 38 Jahre alt ... und ... ich bin Diktator ... und ihr müsst mir alle gehorchen ... sonst äh ...
5, 4, 3, 2, 1 ...
STOPP! Die Minute ist um!
... kriegt Ihr auf die Socken!

Wie erbärmlich! Glatte null Punkte.
Buhuhu!
Und da kommen Sie noch gut bei weg!
Die letzte Aufgabe ist die Wichtigste: Der Grausamkeitstest. Sind Sie grausam Herr SUPERMUSKELPROTZ?
Jaa, Schnief, schrecklich grausam.
Dann schlagen Sie jemanden, der kleiner ist als Sie: den da!
Dr. KNAUTSCH? Aber ...
Uh. Das soll wohl ein Scherz sein!
Los zuschlagen! Ein Diktator hat keine Freunde.
Na gut.
Autsch.
PAF

Sowas nennen Sie eine Ohrfeige?
Aber ff'icher. Da'ff war eine Ohr'ffeige.
Nochmal! Kräftiger!
PAFF!
AAiiii ...
Schon besser.
Besser, aber noch nicht gut genug. 3 von 20 Punkten. Trainieren Sie weiter!
Bevor wir gehen, könnten wir dem Herrn SUPERMUSKELPROTZ noch rasch zeigen, was eine richtige Ohrfeige ist ...
Also gut. Aber nur aus reiner Nächstenliebe.
PAFF PAFF PAFFF
Ja genau.
Das wird er so schnell nicht vergessen.

Nun gut. Wir gehen dann mal. Müssen noch unseren Bericht schreiben.
Der wird nicht gerade gut ausfallen.
Machen Sie sich darauf gefasst, den Beruf zu wechseln.

HAHAHAHAHAHA!
Gehen wir morgen nochmal hin, ONKEL JACK?
Au ja. Dann verkünden wir ihm, dass er als Diktator entmachtet ist!
ENDE

Text: Emmanuel Guibert
Bilder: Mathieu Sapin
ALLDINE & DIE WELTRAUM-PIRATEN
DER LESER
Kinder, morgen kommt uns ein Leser besuchen.
Ach ja?
Wer denn?
I ♥ NY

Der Gewinner des Wettbewerbs: »Triff ALLDINE an Bord ihres Raumschiffs«
Herrje, wie alt ist er denn?
Hoffentlich ist der nicht noch jünger als wir! Mit so Kleinen spielen wir nicht mehr.
Keine Ahnung, wie alt er ist. Ich weiß nur, dass er LANGHANS heißt.
Tut mir den Gefallen und seid nett zu ihm.
Mmmh.
Mal sehen.
Man muss sich um seine Leser kümmern, sonst lesen sie bald andere Sachen.
BlaBlaBlaBla!

AM NÄCHSTEN TAG
Hallo.
Äh ... hallo der Herr.
Was wünschen Sie?
Ich bin ...
Ach ja. Sie müssen der Vater von LANGHANS sein.
Wo ist denn der Kleine?
FLASH
Ich bin LANGHANS.
Sie sind das?
PFFFF Hihi.
FLASH

Wir hatten eher mit jemand jüngerem gerechnet.
HAHA! Das ist witzig, sie haben ganz genau die gleiche Visage wie in den Heften.
FLASH
Dann wollen wir mal ins Cockpit.
Ähm ... das ist da entlang.
Nicht nötig mir den Weg zu zeigen, den kenne ich.
FLASH
Aaah, na bitte! Die guten alten, abgewetzten Steuerknüppel und die dämlichen Viecher überall. Welch Freude, das mal in echt zu sehen.
FLASH

Stimmt ja, das muss ich euch noch erklären. Ich weiß alles über euch.
Ach ja?
Ich setz mich mal. Ist doch gestattet?!
FLASH
SPECIAL
Von Anfang an sammle ich eure Hefte, Poster, Aufkleber ... einfach alles. Das Gewinnspiel habe ich mit links gemacht, sogar mit zwei Fingern in der Nase.
Igitt!
FLASH
Ich habe auch den »FANCLUB ALLDINE« gegründet. Vorsitzender, Schatzmeister und einziges Mitglied bin ich. Haha!
Na toll.
FLASH
Übrigens, für den Club brauche ich ein paar persönliche Sachen von euch. Dein Kopftuch zum Beispiel.
Hände weg!

Dann eben die Weste, ja?
Kommt nicht in Frage. Das ist meine!
Ist doch nicht für mich!
Ich erklär dir das mal (ich darf doch du sagen). Das Zeug ist für ein ALLDINE-MUSEUM® gedacht.
Wir wollen in kein Museum!
Überleg doch mal. Das Museum wäre eine tolle Werbung für dich.
Werbung ist mir schnurz!
Da liegst du falsch. Ohne Werbung bleibt ihr euer Leben lang jämmerliche Piraten. Das kann ich euch versprechen.
Na und? Wenn uns das eben gefällt!

Schauen wir doch mal im Kinderzimmer. Hier findet man sicher eine Menge unnützen Krempel für mein Museum.
Pass mal auf LANGHANS ...
Wir haben dir nicht erlaubt, hier überall rumzuschnüffeln.
Und ob! Ich habe den Wettbewerb gewonnen. Das gibt mir das Recht dazu.
Na bitte! Ich nehme den Säbel von ALLDINE, LULUS Klebepistole und noch ein paar alte Spielsachen.
Unsere Spielsachen!
Meine Pistole!

Da fällt mir was ein. Es wäre gut, auch ein paar Teile vom Raumschiff mitzunehmen. Als Deko fürs Museum.
Ich darf doch mal kurz den Schraubenzieher ...
Der ist ja irre.
ONKEL JACK, unternimm doch was!
Ich kann ihn nicht zu doll anschnauzen. Trotz allem ist er ein Leser von uns. Der Leser ist König.
Sogar so ein König-Hemmungslos?!
♫
Mir kommt eine Idee, wie wir diese Nervensäge loswerden, ohne ihn zu verärgern.

Psst! Meister LANGHANS!
Sekunde bitte. Ich muss erst noch das Raumschiff auseinandernehmen.
Anstatt unsere ollen Sachen zu klauen, wäre es nicht besser Sie würden eine hübsche rot-schwarze Uniform für ihr Museum bekommen?
Aber ja. Ich liebe Uniformen!
Und dazu tolle Waffen und Munition?
Oh ja, ja, ja. Das will ich alles!
Jetzt hab ich's kapiert! Ihr wollt mich zu SUPERMUSKELPROTZ bringen, stimmt's?
Ganz genau.

Davon träume ich, den zu treffen! Er ist in euren Abenteuern meine Lieblingsfigur.
Das stört euch doch nicht, oder?!
Na dann mal los. Wir bringen dich hin!
SPÄTER
Na also! Jetzt sind wir diesen schrecklichen LANGHANS los und alle sind zufrieden.
Armer SUPERMUSKELPROTZ. Ihm diesen Typen auf den Hals zu hetzen, ist wirklich das Schlimmste, was wir ihm je angetan haben.
SMM
HUHU SUPERMUSKELPROTZ! AUFMACHEN!
BOM BOM
ENDE

Text und Bilder: Mathieu Sapin
ALLDINE & DIE WELTRAUM-PIRATEN
DIE ORGELPFEIFE
POIN piou NG, KRiiiiiii!!
Tuuut!
Das klingt sehr gut, SUPERMUSKELPROTZ. Ihr habt große Fortschritte gemacht.
Ach wirklich, Dr. KNAUTSCH?
Ja. Das geht ins Auge ... äh, ich wollte sagen ins Ohr.

Pfff ... ich hab die Nase voll von diesen Tonleitern. Ich möchte ein richtiges Stück spielen.
Um eine Klavier-Sonate korrekt zu spielen, braucht es mehrere Jahre Übung.
GRRR ... So lange kann ich nicht warten! Ich möchte jetzt sofort Klavier spielen können!
Eure Wünsche sind mir Befehl, hochgeschätzter Diktator. Folgt mir!
Muss ich dafür wirklich aus dem Bett?
Unbedingt. Ihr Talent sollte sich nicht auf reine Kammer-Musik beschränken.
Ihr braucht ein Instrument, das Eurem künstlerischen Genie entspricht. Etwas Monströses ...
Gut, aber nicht allzu schwer, klar!

Ich habe es AUGEL getauft.
Chic! Und wie funktioniert die Orgel?
Setzt Euch mal und klimpert irgendwas drauflos.
Unglaublich, KNAUTSCH! Ich spiele noch besser als vorher, falls das überhaupt geht.
AUA!
JAUL!
Seltsam, mir war so als hätte ich ein JAULEN gehört!
Das ist ganz normal, ich erklär's Euch.

Wenn Ihr in die Tasten haut, bewegt Ihr diese Hämmerchen. Die schlagen dann auf die Knie dieser Musiker, die hinter dem Vorhang versteck sind. Dann spielen sie los.
Das ist ein echtes Orchester, eine eingespielte Kombo. So spielt Ihr immer richtig.
AÏE!
PAF!
Außergewöhn-lich!
Außergewöhnlich seid Ihr! Ich habe übrigens ein Konzert für heute Abend organisiert. Anwesenheitspflicht für alle und natürlich kostet es Eintritt. Eure Fans werden alle dort sein.
Ausgezeichnet. Und wozu sind die Augen an der Orgel?
Zur Überwachung Eurer Anhänger. Nur um sicherzugehen, dass alle auch applaudieren und niemand den Saal verlässt.
Schick! Ich kann heute Abend kaum erwarten.

AM ABEND.
Findet ihr das nicht auch seltsam, Kinder?
Was denn, ONKEL JACK?
Die Straßen hier auf BABAAL sind wie leergefegt. Wo sind nur alle?
Habt ihr das gehört?
Klingt wie ein A.
Ja, das kam von DAA!
Hihi, klingt fast gleich.
Ola!
Tut mir nicht weh!

Beruhige dich! Wir krümmen dir kein Haar. Wie heißt du denn?
A
Komischer Name.
Seine Eltern konnten sich wohl nicht entscheiden zwischen G und H ... Hihi.
Bitte helft mir! Meine Freunde C, D, E, F und die andern wurden von Dr. KNAUTSCH entführt.
Na sowas!
Er zwingt sie, bei einem großen Pflichtkonzert für alle, mit SUPERMUSKELPROTZ zu spielen.
SUPERMUSKELPROTZ macht Musik? Das muss ich sehen.
Dieser Tyrann ist unfähig dazu! Er tut nur so, als ob. Meine Freunde machen die Musik. Aber ohne MICH werden sie ungestimmt klingen. Das Konzert wird grauenhaft und er wird sich an ihnen rächen.
Dieses A nimmt sich 'n bisschen wichtig ...

Los. Da es ein Pflichtkonzert ist, sollte es nicht allzu schwierig sein reinzukommen.
PSST
HÄ?
TIP TIP
Was macht ihr denn noch hier draußen?
Wir suchen den Konzertsaal.
Da drin. Aber man muss Eintritt zahlen.
Auch wenn wir Musiker sind?
Seht mal, hier sind unsre Instrumente.
Das solln Instrumente sein?
JA!
Schlaginstrumente!!
PING!
PENG!

Weltraumbewohner! Ihr werdet gleich ein unvergessliches Konzert des einzigartigen Genies SUPERMUSKELPROTZ hören. Sperrt die Ohren weit auf!
APPLAUS
JAAAAA!
Klatsch
Klatsch
Klatsch
Klatsch
Klatsch
FERIA de BÉZIERS
JAAAAAAA!!!
Leg los, A! Wir kümmern uns um die Zuschauer.
Jetzt?
JA, A!
OHAA!
Hoffentlich schafft er's!
AAA!
Ja, ich sehe ihn. Er befreit die andern.
Wo?
DAA!

BLING
KLANG!
CRIiii
Was für'ne Kakophonie?! Klingt wie 'ne Kakastrophe!
Sofort aufhören, SUPERMUSKELPROTZ!!
BRKK
RAAA!
Finger weg von meiner Orgel!
Hauen wir ab. Das gibt 'nen Aufstand!
BROO
BUUH!
Geld zurück!
Keine Verbeugung vor dem Publikum?
PFIFF
BUHU!

HUUI¡¡¡
AAH! Alle Augen verfolgen uns!
Das geht allen Stars so, Chef.
Nein, ich meine die Augen der ORGEL!
GRRR ... Und da sagt man, dass Musik die Gemüter besänftigt.
Verstehe ich nicht. Alles war perfekt arrangiert ...
PLAF!
HA HA! Welch Triumph für SUPER-MUSKELPROTZ. Die Menge fordert 'ne Zugabe!
Spielt ihnen was mit viel Schwung ...
Ich stimme an: AAA
ENDE

Text und Bilder: Mathieu Sapin
ALLDINE & DIE WELTRAUM-PIRATEN
GLUPO
BÄÄHH ... Was kochst du denn da ALLDINE?
Frühstück. Ich hab ein altes Rezept von OMA unter dem Kühlschrank gefunden.
Welt-raum-küche
Rezept Porridge
Ist fast fertig!

Haferlakritz-Grütze mit Sahne. Willst du probieren?
Äh ...

PLÖTZLICH
FUISSHHH
AAAAA! Was ist das denn?
?!

* Achtung, Dr. Knautsch hat die Reihenfolge der Kapitel vertauscht

FUISSHHH
... dau.
Was ...
Wo ist ALLDINE geblieben?
ONKEL JACK, du hast GLUPO Angst eingejagt. Jetzt ist er zusammen mit ihr verschwunden.
GLUPO? Werwiewas?
Ei ei ei!
Rezept
Sie können jetzt werweißwo sein.

WERWEISSWO
Wo sind wir hier?
Keine Ahnung.
Ich hab uns irgendwohin teleportiert, ohne nachzudenken.
Wie clever!
Der Ort kommt mir bekannt vor.
Ich glaube, wir sind mitten im Nirgendwo.
Hier können wir nicht bleiben. Wir müssen schnell zurück zu unserem Raumschifft HEKTOR.
Ganz recht.
Welche Richtung ist das?

Was soll das heißen, welche Richtung? Du musst doch den Weg kennen!
Ich bin doch nur rein zufällig bei euch vorbeigekommen. Der Geruch von Haferlakritze hat mich angezogen.
Jetzt wo der Duft verschwunden ist, finde ich den Weg nicht mehr. Du musst wissen, ich hab einen ganz schlechten Orientierungssinn.
Und was solln wir jetzt machen?
Ich teleportiere uns mal da rüber, dann sehen wir weiter.
Wo da rüber?
Hierhin.

Das scheint mir hier auch mitten im Nirgendwo zu sein.
Hier und dort ist das Gleiche. Ich weiß es, weil wir da sind.
Man kann nicht gleichzeitig hier und dort sein.
Aber klar geht das!
Und da.
Und da.
Schau mal, wir sind da.
Und da.
Das reicht jetzt! Bring mich woanders hin!
Ich meine an einen Ort, wo ich ONKEL JACK und LULU kontaktieren kann.
Egal, wo das ist.

FUUUUSCHHH
Was ist denn jetzt los, KNAUTSCH!?
Hallo!
!
ALLDINE dringt in Euer Wohnzimmer ein, SUPERMUSKELPROTZ.
Warum hast du uns in SUPERMUSKELPROTZ' Palast gebracht!?
Du hast gesagt: »Egal, wo«.
HA! Hier lang ALLDINE. Endlich hab ich dich!
?!
Vorsicht vor diesem Tierchen hier, SUPERMUSKELPROTZ!

WEITER ENTFERNT …
Gut, dass du kommst OMA. Wir brauchen deine Hilfe.
ALLDINE ist verschwunden. So ein Teleport-Schweinchen hat sie mitgenommen.
Die Sorte kenne ich. Da gibt's nur ein Mittel, sie wieder anzulocken …
Man muss ihnen einen großen Teller Haferlakritze mit Sahne zubereiten.
Dummerweise hab ich das Rezept verloren …
Hier ist es! ALLDINE hat's vorhin unterm Kühlschrank gefunden.
HA

KURZ DARAUF ...
FUUSHH!!
!
Huhu
Hallo!
!!
Es klappt!
ALLDINE ist zurück!
... mit ein paar hungrigen Mäulern!
DANN ...
Hmm. Schmeckt gar nicht schlecht!
Schmeckt sogar ausgezeichnet.
SCHLURF!
BÄÄH ... ich hasse Grütze!
HA! HA!
Wenn wir nur irgendwo anders sein könnten. Ganz egal wo, nur weit, weit weg von hier!
HA!HA! Kleckert ruhig ordentlich. Wir haben zwei neue Küchenhilfen.
ENDE

Text: Emmanuel Guibert
Bilder: Mathieu Sapin
ALLDINE & DIE WELTRAUM-PIRATEN
ES GEHT HEISS HER!
Findest du nicht auch, dass es zu heiß ist, ONKEL JACK?
Ja schon, aber das ist normal. SUPERMUSKELPROTZ und KNAUTSCH sind uns auf den Fersen. Das heizt uns ein.

DRIING!
Das Telefon!
Geh mal ran ALLDINE. Ich muss steuern.
Hallo, hier HEKTOR, das Piraten-Raumschiff.
ALLDINE? Hier spricht SUPERMUSKELPROTZ.
Hör mal zu, du kleine Ratte. Wir brechen eure Verfolgung ab. Es ist zu heiß. Wenn der alte Halunke BREITKREUZ einverstanden ist, setzen wir eure Jagd im nächsten Band fort.
Soll ich ihn dir mal geben, du großer Heißluftballon.
Nein, keine Zeit zu diskutieren, mir läuft der Schweiß. Überbring ihm die Nachricht, schlecht erzogene Göre!
Mach ich, Stinkebacke!
Wer war's denn? OMA?
Nicht doch. So rede ich ganz bestimmt nicht mit OMA. Es war SUPERMUSKELPROTZ.
CLIC
Er lässt ausrichten, dass er die Verfolgung einstellt, weil es zu heiß ist. Du siehst, ich hatte also recht!
Puh. Ja.

Eine Hitze zum Dahinschmelzen. Woher mag das kommen?
Bevor wir das rausfinden, muss ich erstmal was trinken.
Und ich zieh mein Shirt aus.
Vielleicht ist das Thermostat der Sonne kaputt. Darum überhitzt sie.
Ich ruf mal den Sonnenkönig, Karbon den XIV. an. Der kann uns das bestimmt sagen.
BIP BIP BIP
Hallo, Eure Majestät? Hier Kapitän BREITKREUZ. Meinen Sie nicht, dass es ein bisschen sehr zu heiß ist?
Da sagen Sie mir nichts Neues. Auch hier auf der Sonne schmilzt man dahin. Jemand muss was unternehmen!
Wenn es nicht die Sonne ist, weiß ich nichts, was sonst so aufheizen kann.
CLIC!
Das schlimmste ist, dass es immer noch heißer wird.
Wenn man schon nackt ist, kann man nichts mehr ausziehen.

Diese Zone des Weltraums da ist ganz rot. Dort muss die Ursache zu finden sein.
Ich hab eine Idee, wie wir dahin können, ohne gegrillt zu werden.
Nehmen wir unseren alten Kühlschrank. Der war früher mal eine Rakete.
Woher weißt du das denn?
Vor einiger Zeit, habe ich ihn mal zum Fliegen benutzt*.
(* Dr. Knautsch hat die Reihenfolge vermischt, deshalb werdet Ihr die Folge »Die Joghurtdiebe« erst später kennenlernen.)
Du hast ein gutes Gedächtnis, ALLDINE. Daran erinnere ich mich gar nicht.
Überrascht mich nicht. In der Folge musste ich alles allein machen. Ihr beide habt die ganze Zeit geschlafen.
Spiel dich nicht so auf!

?
SCHNEE-WEISS.
?
LULU hat recht, ALLDINE. Immerhin habe ich dir ein bisschen geholfen.
Schön dich hier im Kühlschrank wiederzusehen, ALLDINE,
Freut mich ebenfalls. Immer noch taufrisch?
ONKEL JACK, LULU: das ist SCHNEEWEISS, die Nachtwächterin unseres Kühlschranks. Sie bewacht unsere Sachen hier drin, wenn wir schlafen.
Willkommen in meinem Eismobil. Lasst mich steuern, ich kenn mich damit aus.
Wohin soll's gehen?
Kurs Richtung rote Zone. Der Weltraum überhitzt, wir müssen rausfinden wieso.

Hoffentlich hält der Kühlschrank das aus. Für eine so große Hitze ist er eigentlich nicht ausgelegt.
Das Eiswürfelfach ist jedenfalls voll. Hab es gestern erst aufgefüllt.
Seht mal, in der Mitte der roten Zone gibt es eine Tür. Da steht was drauf.
Fliegen wir mal näher ran, um es zu entziffern.
Einfach nur »Ausgang«
Ausgang, wohin?
Ausgang
Um das rauszufinden, müssen wir ihn nehmen.
Die Tür ist zu klein für unsere Kühl-Rakete.
Dann müssen wir aussteigen und zu Fuß durchgehen.
Da verbrennen wir doch bei lebendigem Leib.
Nicht, wenn wir uns vorher runterkühlen.

BALD …
Ich hab mir einen coolen Raumanzug gemacht aus eiskalten Bier und Limo-Büchsen.
Und ich aus Tiefkühlpizzen.
Und ich hab Margarine und Frischkäse genommen.
Dann los!
Wirst du nicht dahinschmelzen SCHNEEWEISS.
Mach dir da keine Sorgen. Ich bleibe immer eiskalt.
Hier ONKEL JACK, ich habe diesen großen Schutzhandschuh gefunden. Zieh den mal über.
Wieso?
Na, um die Tür zu öffnen. Der Griff muss kochend heiß sein.
Gute Idee!
Ausgang
Also dann öffne ich mal. Seid ihr soweit?
Ja.

AAAH!
... wer seid ihr?
BOM!
Ausgang
Dringend
KÄPT'N JACK BREITKREUZ, ALL-DINE, LULU und SCHNEEWEISS.
Unmöglich, ich erkenne euch nicht wieder.
Wir mussten uns verkleiden, wegen der Hitze.
Meine Verkleidung schmilzt schon ein bisschen dahin.
Und wie heizt du?
Ich heiße Emmanuel Guibert. Euer Autor.
Du kommst gerade recht. Erklär uns mal bitte, warum es plötzlich so heiß geworden ist.
Ok, aber legt erstmal ab, sonst verdreckt ihr mir noch mein Atelier.
PIZZA

KURZ DARAUF ...
Hübsch hier bei dir.
Das kommt mir bekannt vor.
Dann erzähl mal, warum du bei uns im Weltraum Feuer gelegt hast?
Huch! Das habe ich nicht mit Absicht gemacht.
Ich begann die Folge damit, das SUPERMUSKELPROTZ und Dr. KNAUTSCH euch verfolgten ...
Mal was ganz Neues!
... und dann wollte ich ein besonders originelles Ende finden. Etwas noch nie Dagewesenes. Etwas Einmaliges! Mir begann der Kopf zu rauchen, aber mir wollte einfach nichts einfallen.
Je mehr ich nachdachte, desto schlimmer wurde es. Besonders die Stelle in meinen Kopf, wo euer Weltraum drin ist.
Mensch! Sowas ist supergefährlich!

Du solltest nicht so intensiv nachdenken. Damit tust du dir weh und uns auch.
Entspann mal ein bisschen!
Cool bleiben!
Meint ihr wirklich?
Ruhig, ganz ruhig!

Weißt du was? Während wir darauf warten, dass unser Weltraum wieder abkühlt, bleiben wir einfach noch ein bisschen bei dir. Ist doch nett hier.
Warum essen wir nicht einfach die Pizzen, die wir mitgebracht haben? Die sind inzwischen fertig gebacken durch die Hitze draußen.
Und wir haben auch Limonade und Bier.
Ihr habt ganz recht. Ich ruf Mathieu Sapin an, euren Zeichner. Er soll auch vorbeikommen. Ein besseres Ende kann ich mir gar nicht ausdenken.
ENDE
BIP BIP BIP
PIZZA 3000

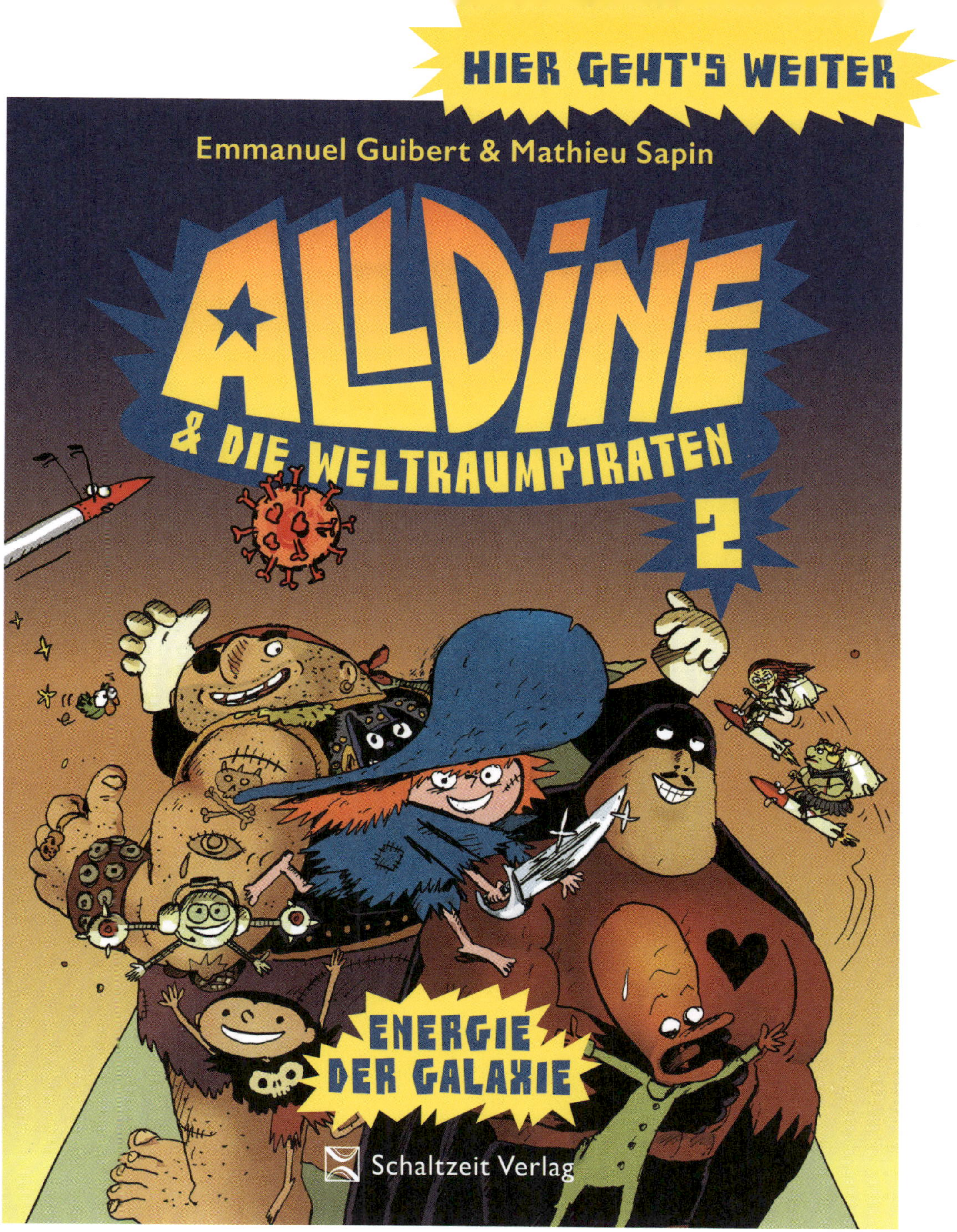
HIER GEHT'S WEITER
Emmanuel Guibert & Mathieu Sapin
ALLDINE
& DIE WELTRAUMPIRATEN
2
ENERGIE
DER GALAXIE
Schaltzeit Verlag

ALLDINE & DIE WELTRAUMPIRATEN

Text: Emmanuel Guibert, Mathieu Sapin
Bild: Mathieu Sapin
Schöpfer der Serie: Joann Sfar
Übersetzung: Andreas Illmann
Lektorat: Walther Fekl
Satz & Typographie: Torsten Lemme
Druck & Bindung: Pozkal, Inowrocław, Polen

Schaltzeit Verlag, Berlin, Auerstr. 23, 10249 Berlin
www.schaltzeitverlag.de, info@schaltzeitverlag.de

ISBN 978-3-946972-61-7

Titel der französischsprachigen Originalausgabe:
»Sardine de l'espace«

Ausgewählt aus folgenden Alben:
Sardine de l'espace 8 – Les Secrets de l'univers
Folge Nr. 75 – L'inspection (Die Inspektion); Nr. 77 – Le petit lecteur (Der Leser);
Nr. 82 – Les secrets de l'univers (Die Geheimnisse des Universums);
Nr. 83 – Legou, Lavu, Lodora, Letouché et Louis (Die Sinne sind los)

Sardine de l'espace 9 – Le Loto des nombrils
Nr. 86 – Le loto des nombrils (Nabelschau);
Nr. 90 – Histoire à chute (Ein steiler Fall)

Sardine de l'espace 11 – L'Archipel des hommes-sandwichs
Nr. 111 – L'orgue-yeux (Die Orgelpfeife)

Sardine de l'espace 12 – Môssieur Susupe et Môssieur Krokro
Nr. 120 – L'annonce faite à Sardine (Engel müssen Federn lassen);
Nr. 122 – Ça chauffe ! (Es wird heiß!); Nr. 126 – L'état d'urgence (Ausnahmezustand)

Sardine de l'espace 13 – Le Mange-Manga
Nr. 134 – Glupo; Nr. 135 – sans titre (Ende als Anfang)

Dieses Buch erscheint mit Hilfe des Förderprogramms des Institut français.